Les carnets de Gordon McGuffin

Écrits de Pierre Senges
Dessins de Nicolas de Crécy

Traduit de l'anglais (États-Unis) par Albert Bolduc

Présentation de l'éditeur

Presque dix ans après la mort de Gordon McGuffin, ses ayants droit (deux cousines) ont retrouvé dans ses archives l'essentiel des fameux carnets qu'il affirmait tenir depuis 1985. Ce précieux document est désormais livré à la sagacité du grand public. Voilà enfin l'occasion de réhabiliter la figure de McGuffin, artiste oublié par nos écoles de cinéma et trop souvent absent des revues de spécialistes. Gordon McGuffin a pourtant été un témoin privilégié de Hollywood, depuis son âge d'or jusqu'aux grands bouleversements des années 1970 et 1980. Il aura été, à sa manière, un réalisateur et, bien sûr, un scénariste de premier plan. Sa parfaite connaissance du hongrois lui aura aussi valu l'amitié de Zsa Zsa Gabor.

Nous présentons ici la première édition en français des *Carnets de Gordon McGuffin*. Les carnets originaux se composent de feuilles manuscrites et de photographies diverses rangées dans une chemise intitulée *Recettes de Jenny*. D'après Jacques Boudoir, de l'université de la Sorbonne Nouvelle, Jenny Owens est la tante de Gordon – quant aux recettes, elles concernent pour l'essentiel la confection de gâteaux à la carotte. Le titre écrit sur la chemise a pu égarer bien des chercheurs, voilà pourquoi on est resté si longtemps sans nouvelles des *Carnets McGuffin*.

L'ordre des pages a été rétabli, ainsi que l'orthographe. Les passages illisibles ou manquants ont été signalés entre crochets [...]. Contrairement à l'édition américaine (Nutmeg & Clove, 2005), nous avons choisi de ne pas retenir les recettes de Jenny Owens, afin de rendre la lecture plus facile.

Arrivé à Hollywood pour la première fois en 1923 (j'étais un tout jeune homme), j'ai choisi le nom de Hermann von Mittelheim. Il n'y avait pas de raison pour que les autres réalisateurs soient les seuls à s'appeler Erich von Stroheim ou Josef von Sternberg. J'étais assez maigre pour passer pour un aristocrate viennois, et j'ai toujours légèrement boité de la jambe gauche, ce qui me donnait l'air d'avoir été blessé en Serbie. Finalement, c'est sous mon propre nom, Gordon McGuffin, que j'ai entamé ma première journée de travail, comme responsable des fontaines d'eau, à la Paramount.

J'ai gagné mes premiers dollars en 1925 en tant que scénariste à la Continental Brothers, puis à la Cincinnati Fox, et enfin à la Blender Stockfisch Major. Oh, mes premiers dollars étaient bien modestes : c'était des billets de 6,14 pouces de long sur 2,61 de large, en papier fait de lin et de coton, à dominante verte. J'aurais voulu les conserver pour pouvoir témoigner plus tard de l'âpre misère de mes débuts – après mûre réflexion, j'ai trouvé plus intelligent de les échanger contre deux sandwichs à la viande.

Aux jeunes scénaristes fraîchement débarqués dans les studios de la MGM, William Faulkner aimait prodiguer ses conseils. J'ai toujours trouvé qu'il les donnait de beaucoup trop près – ce qui ne les empêchait pas d'être le plus souvent précieux, subtils, pertinents, voire un peu égrillards. (Aujourd'hui encore il m'arrive de m'en souvenir, par accident – mais, l'âge venant, j'ai tendance à les confondre avec le troisième couplet de *Shine On Your Shoes*.)

Les séances de travail avec David O. Selznick étaient parfois éprouvantes : des discussions sans fin pour savoir qui, d'Ava Gardner ou de Gene Tierney, a les plus longues jambes[1].

David aimait passer pour un autodidacte mal dégrossi, sans un seul livre et sans paperasse, tout le contraire de l'intellectuel. Il prétendait partout que son bureau pouvait tenir entièrement dans une voiture – il faut dire que c'était une Buick. À force de le répéter, c'est devenu vrai. Il réservait la boîte à gants pour les scénarios en souffrance ; ou bien encore le cendrier, le cas échéant. Je me souviens d'une réunion de travail, la nuit de la Saint-Sylvestre 1956 ; j'ai sorti les contrats de *Don't Feed the Moose Again* et David les a aussitôt signés, avec l'allume-cigare.

---

[1] *C'est Ava Gardner. (Toutes les notes sont de l'éditeur.)*

J'ai écrit plus de dix-sept scénarios pour Alfred Hitchcock. Il en a retenu un (lui ou sa secrétaire, cette épatante mais fatigante Margot Linsdale[2]) : l'histoire d'un maître chanteur aveugle accusé à tort du meurtre de sa nièce. L'astuce était de dévoiler dans la dernière bobine que le personnage principal n'était ni maître chanteur, ni aveugle, ni oncle, mais réellement coupable. Ça aurait dû s'intituler *The Fatal Finger Prints*, seulement le titre était déjà pris. Puis, Alfred a tourné *Pas de printemps pour Marnie*, et nous nous sommes perdus de vue (de toute façon, les historiens s'accordent à penser que la suite de sa carrière a été plutôt décevante).

[2] *Légère erreur de G. McGuffin, il s'agit de Maggie Linsdare.*

Autant en emporte le vent en costumes modernes, c'était pourtant une bonne idée, j'en suis encore convaincu. La Fox n'en a pas voulu, ni la Paramount, et Selznick a fait preuve de beaucoup de mauvaise volonté pour lâcher les droits. Finalement, c'est la Blender Stockfisch Major qui s'est lancée dans l'aventure – après sept semaines de tournage sous la pluie, on s'est rendu compte en visionnant les rushes de ce foutu problème de surimpression. N'empêche, j'en suis assez fier, et le film a très bien marché dans le Massachusetts.

J'aurais tant voulu tourner avec Greta Garbo ; hélas, le cinéma est parfois cruel, comme le destin, et ironique, comme le sort. Pour le dire en d'autres termes, on ne fait pas toujours comme on veut. Dommage, je pense que Greta aurait été particulièrement étincelante en Calamity Jane[3] ; mais elle ne m'a jamais pardonné (paraît-il) de l'avoir comparée un jour à François Mauriac. Je parlais du timbre de sa voix, bien sûr – un malentendu est si vite arrivé à Los Angeles.

[3] *Calamity Jane and Sam Bass, 1949. C'est finalement Yvonne De Carlo qui a interprété le rôle, et George Sherman (1908-1991) qui a tourné le film.*

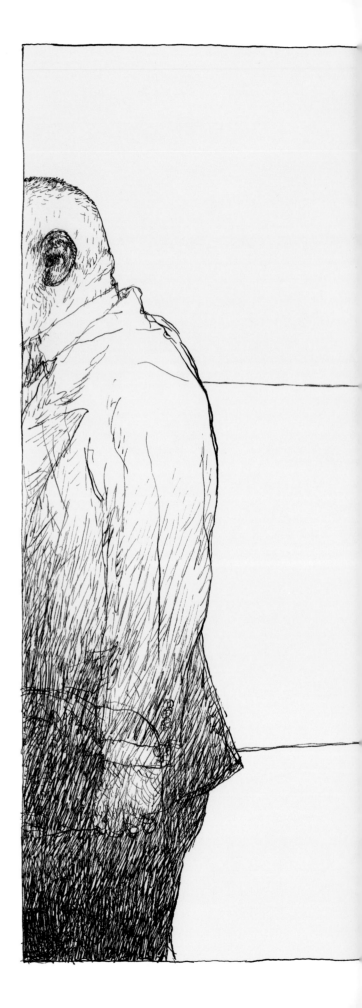

J'ai rencontré Charlie Chaplin la première fois en 1934, alors qu'il préparait *Les Temps modernes*. Je ne lui ai jamais reproché de m'avoir emprunté la fameuse scène des engrenages. Quinze ans plus tard, pour mon *Don't Feed the Moose*, je lui ai emprunté en retour la scène de la meule de gruyère : ainsi, nous étions quittes. Nous avons toujours eu, Charlie et moi, un immense respect mutuel.

On se souviendra longtemps de ces incroyables fêtes organisées par Joe Papadiamantis, dans sa villa de Sunset Blvd. On devait s'y rendre en maillot de bain ; avec le temps, Joe a toléré aussi le port du bermuda. On y mangeait des clams à tomber à la renverse, mais pour ma part je n'ai jamais aimé nager dans une piscine de Martini blanc, à cause de mes sinus. Joe se donnait des airs de collectionneur d'œuvres d'art ; personne n'était vraiment dupe de ses Michel-Ange, surtout ses cendriers en albâtre.

Combien de fois au cours des années 1930 j'ai dû serrer contre ma poitrine l'un de ces réalisateurs maudits venus à cheval de Vienne ou de Budapest pour gâcher leur génie en jouant les portiers dans des comédies familiales ? Je me souviens d'Ernst von Wuppertal, de Kaspar Maria Reichenbach, de Hans Joseph von Gluck ; ils mesuraient tous 1,80m et se penchaient comme ils pouvaient pour pleurer dans ma chemise à carreaux. Je me souviens aussi de Pepo Zuchini, mais ce n'est pas tout à fait la même chose.

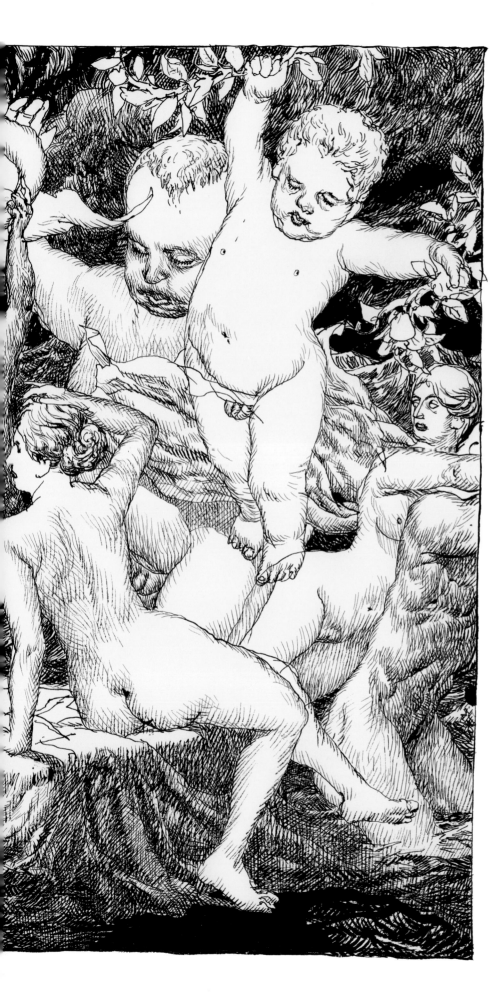

Comme beaucoup, j'ai un souvenir cuisant du tournage de *Hector et Vénus*. Le vent, la pluie, les retards, la bronchite de Rita Hayworth, la varicelle de Doris Day, sans compter les chevaux qu'on avait loués pour trois jours seulement et qui se sont révélés indomptables. Quant à moi, je me débattais avec Bernie Bernbaum pour tenter de donner du sens à ce fichu scénario (maintenant encore, je serais incapable de dire si c'est Vénus qui couche avec Hector, ou bien Athéna[4]). Pour couronner le tout, il y a eu cette stupide histoire de censure.

On dit que c'est Rex Harrison qui prête ses traits au vieil Héphaïstos ; je me dois de rétablir la vérité : non seulement il s'agit de Burt Lancaster, mais il prête ses traits à Hercule.

[4] *Selon Stanley Cavell, il s'agit de Vénus.*

Otto[5] l'a reconnu quelques années plus tard, au cours d'un repas bien arrosé dans la maison de Charlie[6] : c'était une erreur d'introduire le personnage de Goofy dès la scène 8. Beaucoup trop tôt – et puis, Robert Mitchum n'a pas su mettre à l'aise les autres comédiens, des débutants pour la plupart ; je crois que ça se ressent un peu. N'empêche, *Year of the Dog* demeure une très bonne comédie, l'une des seules de Preminger, à ma connaissance.

[5] *Otto Preminger.*
[6] *Charles Laughton.*

Comme Alfred Hitchcock, je me suis ingénié à apparaître dans chacun de mes films, avant la fin de la première bobine. La première fois j'étais un facteur, la deuxième fois un avaleur de sabres, la troisième fois un mangeur de hot dogs, et la dernière fois un ours. Je dois dire que même les plus sagaces parmi mes parents ne me reconnaissent pas toujours.

Le sommet de la carrière de Judy Garland, je m'en souviendrai jusqu'à mon dernier jour : c'était le 24 janvier 1946, un jeudi après-midi, à 15 h 30. Juste après, on est allés fêter ça autour d'une pinte de bière (avec Sidney Coleman, le perchiste ; Judy avait préféré rester seule, pour réfléchir).

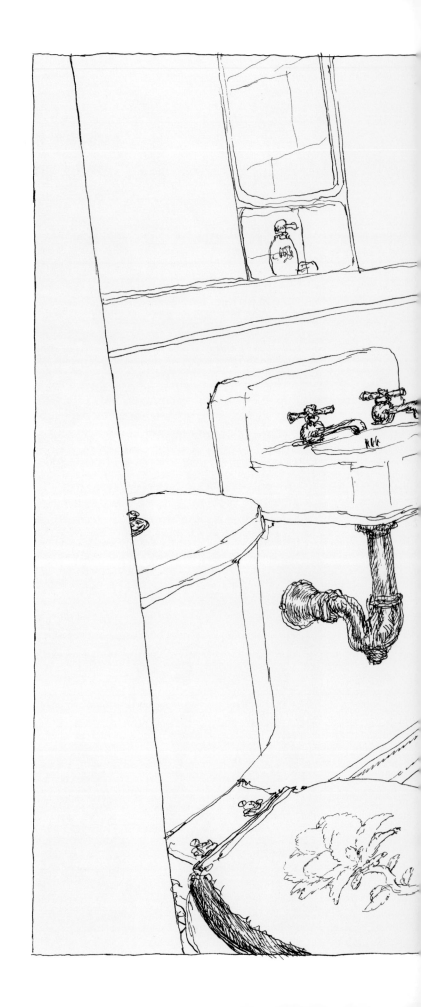

J'ai de très heureux souvenirs de Bradford Donahue avant sa maladie – un gars honnête et travailleur, comme on en croisait parfois à Los Angeles.

(Le problème de Bradford, sans compter le gin flip, c'est qu'il était l'homme le plus procédurier de Hollywood : il aura passé treize ans à fréquenter les tribunaux. Brad s'est ruiné en avocats, et pourtant pas un seul n'a réussi à démontrer la responsabilité de la Kansas Sulfur Chemistry.)

C'est en 1942, juste après Pearl Harbor, que j'ai appris à Alfred Hitchcock les rudiments du suspense au cinéma. Ça s'est fait si naturellement que, sur le coup, je ne m'en suis pas rendu compte : il a fallu que le vieil Alfred me le rappelle trente ans plus tard, lors d'une soirée chez Leonard Sobieski, pour que je prenne conscience de la portée de mon acte. J'ai été peut-être à deux doigts de commettre un impair.

C'est moi qui ai présenté Jerry Lewis à Stanley Kubrick ; c'était en 1962, dans l'autocar qui [...][7] [finale]ment pas pu se faire. Dommage.

[7] *Il manque trois pages.*

En 1969, si je me souviens bien, j'ai entamé le scénario des *Trois Filles de Charlemagne* : une production franco-italienne, avec Orson[8] dans le rôle-titre (je veux dire : Charlemagne), et le tout jeune Robert Redford qui devait faire une brève apparition dans le rôle de Jésus. (J'avais présenté Robert à Sydney Pollack, je m'en souviens, c'était en avril, à Boston, il pleuvait. Un peu plus tard, Redford est parti tourner *Jeremiah Johnson*.) Pour les trois filles de Charlemagne, Rothilde, Rotrude et Hildegarde, on a fait passer une audition à plus de cinq cents candidates : je dois vous dire que j'ai regretté que Bette Davis ne soit pas disponible. De ce beau film, il ne me reste hélas que quelques planches de story-board.

[8]*Orson Welles.*

Il fallait voir la tête du vieux Zanuck au moment de signer des contrats. Toujours à tirer sur les marges et raboter nos pourcentages, ce satané grigou. Vers la fin de sa vie, il était épaulé par des jeunes loups sortis des écoles de commerce avec de la gomina et des diplômes. J'ai vite su les amadouer, ces oiseaux-là : j'ai été représentant en gomina de 1919 à 1921, pour la Crumb and Peel Company.

En 1953, Burt Lancaster m'a choisi pour être son sparring partner. Je dois dire que j'ai été aussi fier que surpris. Burt se préparait pour le tournage de *Vera Cruz*, une scène particulièrement délicate qui demandait une grande concentration : il devait gifler Gary Cooper. J'ai encore un souvenir très vivace de Burt Lancaster. J'ajoute que je l'aime beaucoup, comme comédien.

Au cours de ma longue carrière, j'ai pu également faire répéter Fred Astaire. Les studios m'avaient laissé trois semaines pour travailler mon harmonica, et Fred m'a félicité à deux reprises, une fois dans les escaliers, une fois en 1962. Je n'avais jamais vu quelqu'un d'aussi maigre.

Beaucoup de très bons films, parmi les plus réputés, utilisent la vieille technique du deus ex machina – c'est un procédé efficace et honorable qu'on aurait tort de renier. Dans *Bring me Home*, le deus ex machina est un tricycle ; dans *Three Pieces of Cake*, c'est un agent du KGB ; dans *The Red Herring*, c'est Tim Meredith Jr ; dans *Mr Paper's Drugstore*, ça devait être moi, mais le projet a été reporté, à cause de la guerre.

Toute modestie mise à part, ça aurait pu être mon chef-d'œuvre : le remake du *Chanteur de jazz*, dans une version entièrement muette, jouée exclusivement par des Noirs maquillés en Blancs. J'avais contacté Orson[9], alors en tournage quelque part en Espagne ; il m'a renvoyé une longue lettre enthousiaste : il était prêt à laisser tomber son *Othello*, plutôt en panne ces derniers mois, pour rentrer dare-dare à Los Angeles. Finalement, le projet n'a pas abouti, et en plus de ça j'ai égaré la lettre. Je me souviens d'en avoir parlé aussi à Sammy Davis Jr, mais c'était quelques années plus tard.

[9]*Orson Welles.*

Les jeunes gens fraîchement débarqués aux studios me posent souvent la question : Mais d'où viennent toutes vos idées ? J'ai longtemps pensé qu'ils faisaient allusion à la scène des hippopotames et des hamburgers dans *My Kingdom for a Cook.* Maintenant que le temps a passé et que les rides assouplissent mon front, je n'en suis plus très sûr. J'ai peut-être sous-estimé l'impact de mes personnages sur un très jeune public – notamment Willy "Woodpecker" Stilton, le fétichiste[10]. Dire qu'à la 13e mouture du scénario je voulais encore en faire un jeune existentialiste, pour justifier la scène du café (c'est l'une de ces erreurs qu'on ne commet plus, avec l'âge).

D'ailleurs, Alfred Hitchcock disait : plus le méchant est réussi, meilleur est le film.

[10] *Plus précisément, Willy "Woodpecker" Stilton n'est pas fétichiste, mais nyctalope* (Don't Feed the Moose, 1949).

Au fond, ce qui a manqué à Fritz Lang, c'est un bon accessoiriste : ses films auraient beaucoup gagné en crédibilité. (Son succès aux États-Unis a été fulgurant, et parfois incongru ; contrairement à bon nombre de mes collègues, j'ai réussi à ne jamais me montrer jaloux, par amitié pour Glenda, sa belle-sœur.)

Je me souviendrai toute ma vie de ce matin de 1954, dans le bureau de Cecil[11], quand je suis parvenu à le convaincre de le faire, ce foutu remake des *Dix Commandements*. Le pauvre vieux Cecil était dans un état déplorable : *Samson et Dalila* n'avait pas été un succès, et William Faulkner venait de lui mettre son poing dans la figure (pour des raisons qui restent à éclaircir). C'est moi qui ai eu l'idée de Charlton Heston pour Moïse, mais j'avais proposé Frank Sinatra dans le rôle de Ramsès II, ce que Cecil a refusé, pour des raisons d'emploi du temps.

[11] *Cecil B. DeMille.*

Le 4 août 1962, le téléphone a sonné chez moi une première fois, vers 22 heures : c'était ma mère, elle venait de se casser le col du fémur. Quinze minutes plus tard, le téléphone a sonné une deuxième fois : c'était Marilyn Monroe, mais j'étais déjà parti.

La vie est faite de joies et de peines, peut-être même aussi de journées complètement ratées. Je me souviens du jour de la mort d'Oliver Hardy, en août 1957 ; j'ai passé l'après-midi à chercher Stan Laurel dans tout Los Angeles, pour le prévenir. Vers 23 heures, finalement, je suis rentré me coucher.

À l'époque, tout le monde connaissait le nom de Frank Dürrenweider, le plus redoutable des avocats de la MGM – et Dieu sait si la Metro employait des juristes par couvées entières. Son plus grand coup d'éclat est d'avoir fait admettre comme catastrophe naturelle (*act of God*) ces problèmes de digestion qui avaient ruiné la carrière de ce pauvre Tom Coover, un comédien pourtant tout en finesse. Le grand-père de Frank Dürrenweider avait très bien connu Brahms, mais ça n'a sans doute aucun rapport.

John Ford était un garçon peu causant ; c'était d'autant plus vrai quand il s'en allait pendant des jours dans la Vallée de la Mort pour y tourner l'un de ses innombrables westerns, avec beaucoup de ciel et presque autant de poussière. J'ai passé trois semaines avec lui près du désert Mojave ; John est un homme farouchement attaché à sa solitude, du coup j'ai passé moi aussi ces trois semaines dans le plus complet isolement. Cette expérience nous a beaucoup rapprochés.

Personnellement, je n'ai jamais compris les histoires d'espionnage, même quand elles sont diaboliquement construites, par Sidney Lumet entre autres. Par exemple, je n'ai jamais compris quel rôle joue ce bon vieux Reggie Nalder dans ce film dont j'ai oublié aussi le titre. D'ailleurs, je ne suis pas très sûr qu'il s'agisse vraiment de Reggie, mais peut-être d'un type lui ressemblant de façon frappante. Et pourtant, Dieu sait s'il est difficile de ressembler à Reggie, quand on y pense.

C'est le meilleur portrait de Reggie Nalder, et d'ailleurs le seul qui me reste. J'ignore tout en revanche de l'homme en chemise blanche qui se tient devant lui.

De février à mars 1959, j'ai travaillé auprès d'Elizabeth Taylor, pour ainsi dire au titre de coach. Le plus gros de ma tâche était d'inciter Liz à perdre du poids. Si l'expérience ne s'était pas brutalement interrompue, j'aurais obtenu, je pense, des résultats spectaculaires.

Autre titre de gloire dont j'aime me vanter de loin en loin quand je cède à cette éternelle cabotinerie des artistes : je suis l'auteur de la célèbre réplique de *Casablanca*, dans le deuxième acte : *Oups, sorry!*

Un homme de ma génération se doit de donner de temps en temps quelques conseils à des garçons plus jeunes, surtout avec l'expérience accumulée depuis les années terribles, je veux dire les années 30. Je me souviens ainsi d'avoir expliqué longuement au petit Robert Redford comment reconstituer l'intimité la plus stricte sur le plateau, avant de tourner une scène d'amour. (C'était en 1974, pendant le festival de Toronto[12].)

[12] *La rencontre a bien eu lieu en 1974, mais à Moose Jaw (Saskatchewan).*

J'ai toujours eu une amitié profonde et une admiration sans bornes pour cet impénitent buveur qu'était Stephen Shaunessy ; les années n'ont jamais émoussé mes sentiments à son égard. C'était un homme rempli d'humour ; il aurait fallu voir sa tête quand les chirurgiens lui ont annoncé que, finalement, ils allaient lui greffer le cœur de Richard Burton. Force est d'avouer qu'il était plutôt un cinéaste d'extérieur, des grands espaces et des cow-boys solitaires ; n'empêche, ses scènes d'intérieur sont parfois d'un réalisme à couper le souffle.

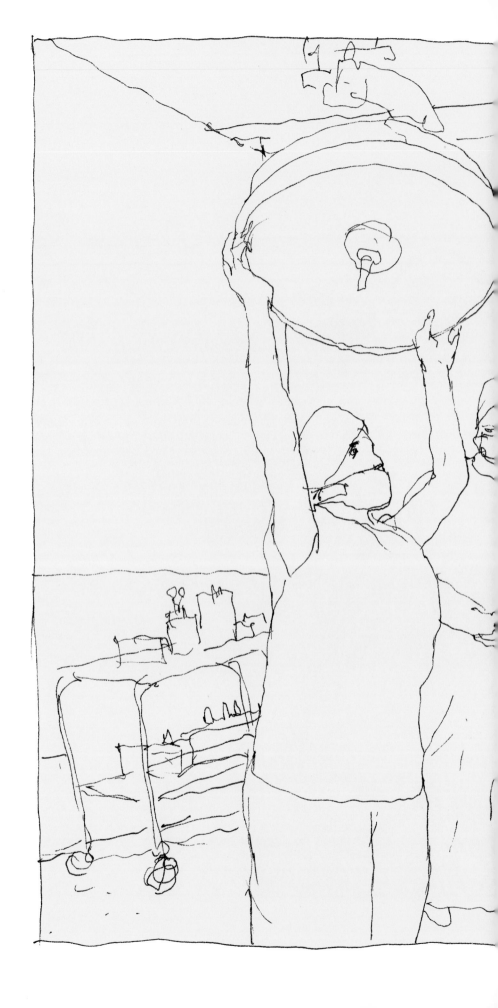

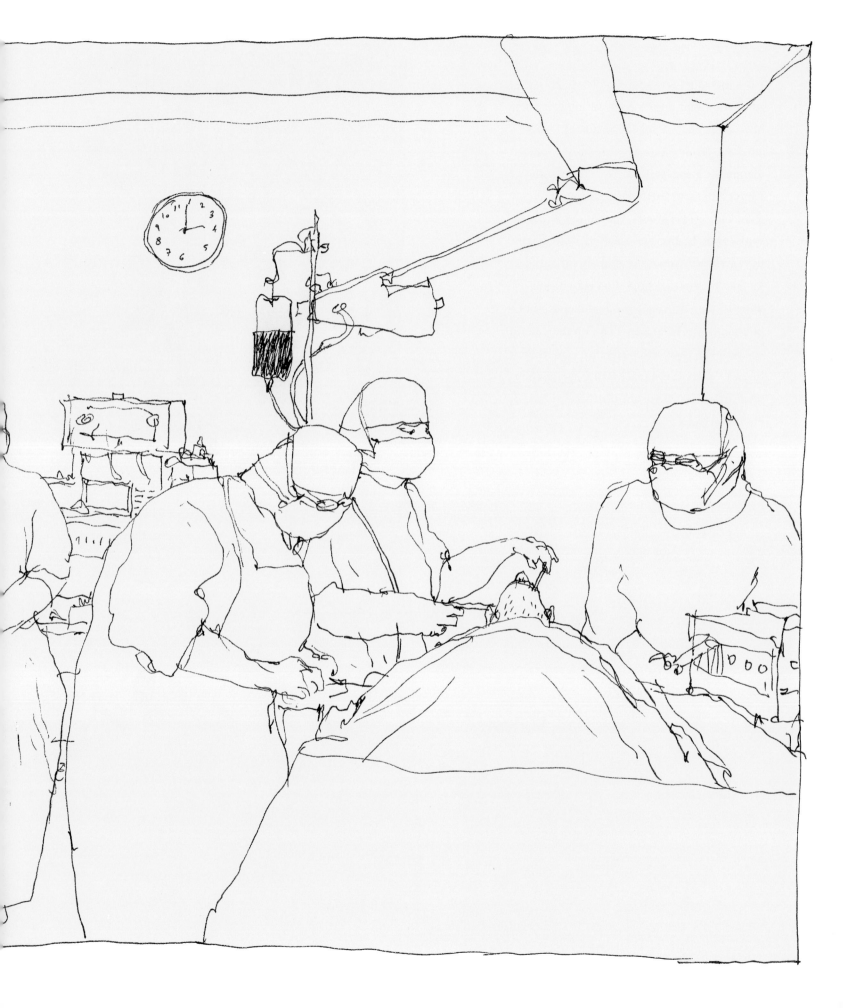

Mes débuts n'ont pas toujours été simples : j'étais jeune et, je dois l'avouer, un peu distrait. Je me souviens des gaffes que j'étais capable de faire juste avant les réunions les plus importantes avec les producteurs exécutifs. Et c'est curieux, j'ai toujours joué de malchance avec mes cravates – pourtant, dans les années 1940, on me donnait en exemple pour mon élégance, été comme hiver. Derrière la caméra, c'était la même chose, il m'arrivait de réussir un plan mais, hélas, de rater mon cadrage.

J'ai eu la chance de jouer dans l'un des plus grands films de toute l'histoire du cinéma : *Les Dix Commandements*, de Cecil B. DeMille. Cecil m'avait demandé personnellement de participer à cette aventure (c'était en 1923, je venais d'arriver à Hollywood, et je m'occupais des fontaines d'eau ; justement, c'est l'une de ces fontaines qui est à l'origine de ma rencontre avec Cecil ; elle était tombée sur l'un de ses pieds[13]). Je m'illustre dans la célèbre scène du passage de la mer Rouge par les Hébreux ; le cordonnier barbu qui perd sa sandale, c'est moi. (En 1956, Cecil a fait un remake de son film, mais cette fois je n'ai pas voulu en être : il faut savoir laisser sa place aux jeunes.)

[13] *Le gauche (voir Charles Higham,* Cecil B. DeMille : A Biography of the Most Successful Film Maker of Them All, *New York, Charles Scribner's Son, 1973).*

Le tournage de *It Came From Outer Space*[14] n'aura pas été simple, c'est le moins qu'on puisse dire, mais le résultat en valait la peine. J'y ai travaillé tout l'été 1951, comme script doctor, et je continue de penser que ma contribution n'a pas été vaine. Bien sûr, les accessoires et les décors, avec le recul, nous semblent maintenant bien naïfs, mais l'idée de représenter les extraterrestres comme des créatures caoutchouteuses vêtues de combinaisons moulantes était la bonne.

[14] *Le Météore de la nuit, de Jack Arnold (1953).*

Frank Flannagan n'était pas seulement le meilleur analyste financier de la Columbia, c'était aussi un extraordinaire gagman (il nous est arrivé de rire aux éclats, lui et moi, sur sa terrasse, à moins que ça ne soit dans l'ascenseur). Je l'avais convaincu de proposer ses trouvailles à King Vidor, Douglas Sirk, Michael Curtiz et même Kurosawa, si mes souvenirs sont exacts[15] – mais il faut reconnaître que son humour dépassait le cadre parfois étroit du cinématographe.

[15] *Ils le sont.*

Les castings sont souvent l'occasion de faire connaissance avec des personnes hors du commun. Pour l'anecdote, c'est au cours du casting de *Ben Hur* que j'ai rencontré ma deuxième femme, Cheryl, et c'est finalement Martha Scott qui a obtenu le rôle. Pour revenir à nos moutons, disons que, si ma mémoire ne me trompe pas, il a fallu auditionner plus de trois mille jeunes filles dans cinquante États différents avant de trouver notre Pocahontas[16].

[16] Captain John Smith and Pocahontas, de Lew Landers *(1953), avec Jody Lawrance.*

C'est moi qui ai eu l'idée de l'œil crevé de Raoul Walsh.
Je pensais depuis le début que ça donnerait à ce satané
Raoul un air de gangster dandy usé par le tabac et le
décalage horaire. L'expérience (j'allais dire l'histoire) m'a
donné raison, et maintenant plus personne n'imagine
Raoul Walsh sans son bandeau. Je dois ajouter modestement que, en plus d'avoir eu l'idée de cet œil borgne,
j'en ai été l'auteur. (Plus tard, j'ai rencontré John Ford ;
ce diable d'homme a été plus difficile à convaincre.)

Contrairement à d'autres cinéastes, je ne me suis jamais senti embarrassé par les règles de censure du code Hays. Parler dans un mégaphone, par exemple, a toujours été pour moi beaucoup plus pénible. J'ai tourné trois scènes d'accouplement sans aucun problème : la première fois en ombres chinoises, la deuxième fois en la coupant au montage, la troisième fois avec deux sauterelles.

Je tiens à corriger une rumeur tenace, qui a pu courir à mon sujet pendant des dizaines d'années : je n'ai jamais été l'amant de Gloria Swanson, je lui ai simplement appris à siffler, et encore, une seule fois, en 1937.

Bien évidemment, le cinéma est le plus beau métier du monde. Quand je me retourne sur mon passé, je pense à tous ces moments délicieux et intenses, comme le tournage de mon *Autant en emporte le vent*, avec Morty et Daisy (où sont-ils maintenant ?). Quand, en 1979, des étudiants de New York m'ont demandé de désigner le pire moment de ma carrière hollywoodienne, j'ai répondu sans hésiter Sam Dobbins[17].

[17] *Samuel D. Dobbins, producteur.*

Ça a été une amère déception pour moi de constater que Joseph Mankiewicz n'avait pas hésité à plagier sans scrupule le scénario que je lui avais confié. *Apple Pie* était l'histoire d'une vieille métisse du Minnesota qui élimine ses voisins en leur offrant des tartes aux pommes farcies de curare. Il a suffi à Mankiewicz de remplacer *métisse* par *reine d'Égypte*, *vaches* par *chèvres*, *fourches* par *glaives* et *Donald O'Maley* par *Jules César*, pour écrire *Cléopâtre* et le tourner sans me verser un seul dollar.

Vacances à Venise : encore un projet magnifique, avec Robert De Niro dans le rôle d'Alfred de Musset et Patricia Arquette en George Sand. Le jour du départ pour l'Italie, j'ai eu un contrôle fiscal, et le tournage a été reporté sine die. Dommage, les essais en studio avaient emporté l'enthousiasme de tous les techniciens (Jeffrey et Bill). C'est d'ailleurs Jeffrey qui a eu l'idée de remplacer De Niro et Arquette par des mannequins en polystyrène.

En 1965, King Vidor m'a remis un oscar pour l'ensemble de ma carrière. L'oscar, c'était une bouteille de Four Roses ; King Vidor, c'était mon beau-frère Bernie[18].

[18] *Bernie Bernbaum.*

Comme la plupart des artistes de ma trempe, je suis profondément persuadé qu'on peut tirer n'importe quel scénario de n'importe quelle situation. Un jour, Ernst Lubitsch m'a envoyé un verre de tequila sunrise à la figure : je suis sûr qu'on peut écrire quelque chose à partir de ça, même si je n'ai pas encore d'idée précise.

Quand je me retourne sur toutes ces longues années consacrées au 7ᵉ art, je me dis, une fois de plus, combien ma bonne étoile m'aura été favorable. J'ai rencontré des types formidables et des femmes avec un fond de teint à couper le souffle ; j'ai travaillé avec les plus grands artistes et même, parfois, le soir, après avoir œuvré une journée entière dans cette immense fabrique de rêves qu'était Hollywood, j'ai partagé leurs incertitudes.

GORDON MCGUFFIN
(1905–1991)

Filmographie sélective

RÉALISATIONS

Who Shot Bud Waldon ? (1942)
Don't Feed the Moose (1949)
Gone with the Wind (Autant en emporte le vent, 1963)
The Three Daughters of Charlemagne
(Les Trois Filles de Charlemagne, 1970)

SCÉNARIOS

The Accusing Toe (1925)
When a Girl Loves (1926)
The Wolf Hunters (1929)
The Cavalier (1933)
My Kingdom for a Cook (1939)
Who Shot Bud Waldon ? (1942)
Hector and Venus (1948)
Acapulco Santa Claus (1948)
Don't Feed the Moose (1949)
Gone with the Wind (Autant en emporte le vent, 1963)
The Three Daughters of Charlemagne
(Les Trois Filles de Charlemagne, 1969)
The Jazz Singer (projet)

ACTEUR

The Three Daughters of Charlemagne
(Les Trois Filles de Charlemagne, 1970)

Bibliographie

Bernbaum, Bernie, *My Kingdom for a Movie Maker :
The Art and Life of Gordon McGuffin*,
Harper Collins, New York, 1992.

Des mêmes auteurs

De Pierre Senges

Veuves au maquillage

Ruines-de-Rome

Essais fragiles d'aplomb

La Réfutation majeure

Géométrie dans la poussière
Illustrations de Killofer

Sort l'assassin, entre le spectre

Fragments de Lichtenberg
Éd. Verticales

L'Idiot et les hommes de paroles
Éd. Bayard

De Nicolas de Crécy

Journal d'un fantôme

L'Orgue de barbarie
avec Raphaël Meltz
Éd. Futuropolis

Période glaciaire
Éd. Futuropolis / Musée du Louvre Éditions

Foligatto
Scénario de Alexios Tjoyas
Éd. Les Humanoïdes Associés

Le Bibendum céleste
3 volumes parus
Éd. Les Humanoïdes Associés

Léon la Came
Léon la Came
Laid, pauvre et malade
Priez pour nous
Scénario de Sylvain Chomet
Éd. Casterman

Lisbonne, voyage imaginaire
Textes de Raphaël Meltz
Éd. Casterman

New York sur Loire
Éd. Casterman

Prosopopus
Éd. Dupuis

Salvatore
Transports amoureux
Le Grand départ
Éd. Dupuis

Monographie
Éd. de l'An 2

Plaisir de myope

Des Gens bizarres

Escales
Éd. Cornélius

De la confiture de myrtilles
Éd. Du Neuvième Monde

La Nuit du grand méchant loup
Textes de Rascal
Éd. Pastel

Le Roi de la piste
Éd. PMJ

Super Monsieur Fruit
Éd. du Seuil

Cafés moulus
Éd. Verticales